证
①
格

庆祝中华人民共和国成立六十周年

第 十 一 届 亚 洲 艺 术 节

暨第四届鄂尔多斯国际文化节

范 曾 诗 文 书 画

特 展 作 品 集

庆祝中华人民共和国成立六十周年

第十一届艺术节美术作品

暨喜迎西藏自治区成立国庆文艺

美术作品集

作品选辑

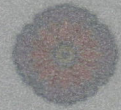

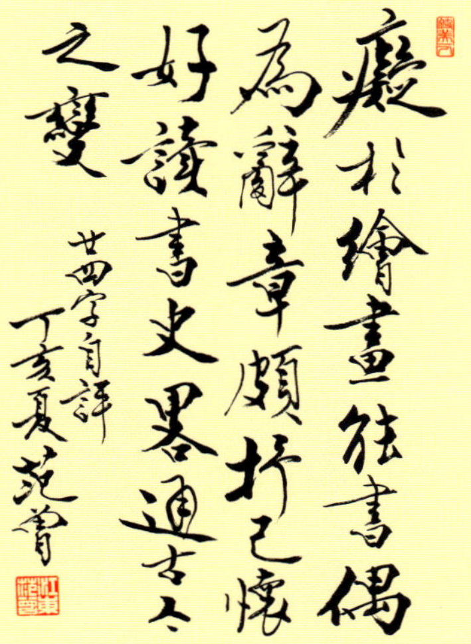
癡於繪畫強書偶
為辭章頗抒己懷
好讀書史畧通古今
之變
廿四字自評
丁亥夏范曾

庆祝中华人民共和国成立六十周年
第十一届亚洲艺术节
暨第四届鄂尔多斯国际文化节

塞北祥雲

范曾诗文书画特展作品集

北京大学出版社
PEKING UNIVERSITY PRESS

序

我与范曾先生是多年的朋友了。八十年代时我们都是全国政协委员，先生长我们几岁，事业有成、声名显赫。所以，大家均尊称先生为范大哥。

范曾先生自评二十四字：痴于绘画，能书，偶为辞章，颇抒己怀；好读书史，略通古今之变。我以为是实事求是的。

季羡林先生有这样的评价：我认识范曾先生有一个三步曲：第一步认为他只是一个画家，第二步认为他是一个国学家，第三步认为他是一个思想家。我认为是准确的，是高度概括的。

范曾先生秉承了中国优秀知识分子的先忧后乐的高尚品质，不仅在自己的学术领域孜孜不倦追求着、探索着，高擎一帜，独领风骚。学贯中西、博学多闻，在诗歌、文学、思想领域颇有建树，从而达到了站在祖国、人民、世界的高度和深度去观察问题、思考问题……

范曾先生心怀大爱是一贯的，我们从八十年代他捐建南开大学“东方艺术大楼”的四百万元人民币到每次的赈灾捐款；从纳税大户到十大慈善家到四川汶川大地震慷慨捐献出一千万元人民币……

范曾先生努力践行着自己提出的敬畏之心、恻隐之心、感激之心和知耻之心。他的大爱精神和大爱行动，不仅感动着他自己的那颗赤子之心，同时也感染和感动着亿万群众……

“塞北祥云——范曾诗文书画特展”将在内蒙古鄂尔多斯的第十一届亚洲艺术节上隆重展出。这个展览必定会是艺术节活动的一个亮点，这个展览必定会对内蒙古文化艺术事业的发展和建设产生积极有力的推动和引领作用。

我祝愿：范曾先生的展览圆满成功！

我祝愿：范曾先生健康长寿、永葆创作的激情和活力，为祖国、为民族、为人类做出更大的贡献！

内蒙古自治区人民政府主席

巴特尔

2009年春

Preface

Mr. Fan Zeng and I have been friends for many years. Both of us were members of the National Committee of the Chinese People's Political Consultative Conference in the 1980s. He is several years older than me. He is so successful and eminent that we all call him "our elder brother Fan".

Mr. Fan describes himself as follows: being crazy about art and capable in calligraphy, writing articles and poems occasionally to express his own mind, being fond of reading history and learning a little about the changes of the times. I think this description is suitable and realistic.

Mr. Ji Xianlin has a comment for Fan: "I get to know Mr. Fan Zeng by three stages. At first, I only knew him as an artist, and then as a scholar in Chinese traditional studies and now as a thinker." I think this is a veracious and essential comment.

Mr. Fan undertakes the lofty traits of superexcellent Chinese intellectuals who cherished the ideal of "Be the first to worry about the woes of people, and the last to share the weal of people". He perseveres with his own style and plays a leading role in his academic field. He is erudite in both Chinese and Western studies. He has also done significant contributions to poetry, literature and thought. Therefore, he can look into and think about issues of our motherland, Chinese people and the whole world in depths from a higher perspective.

Mr. Fan cherishes great love all along. In the 1980s he donated four million RMB to build an Oriental Art Building at Nankai University. He would give donations whenever there is a need for relieving the disaster-affiliated people. For example, he generously donated ten million RMB for the relief of Wenchuan earthquake. He is a big taxpayer and one of the top ten philanthropists in China.

Mr. Fan does his best to follow his moral principles with senses of awe, compassion, appreciation and shame. His spirit and actions with great love from the deep of his heart move millions of people.

"Auspicious Clouds beyond the Great Wall——Exhibition of Fan Zeng's Poetry, Prose, Calligraphy and Painting" will be held at the 11th Asian Arts Festival in Erdos City, Inner Mongolia. The exhibition will necessarily be a highlight of the Festival. It will greatly promote the development of culture and arts of Inner Mongolia.

I wish a perfect success of Mr. Fan's exhibition!
I wish Mr. Fan health, longevity and everlasting creative passion and vigor to make greater contributions to our motherland, our people and the whole world!

Bater
Chairman of the Government of Inner Mongolia
In the spring of 2009

目录

绘画作品

天边

365cm×145cm

题款：

庄肃崇陵，碧昊凝云，急雨似泉，看英雄铁铸，犹闻嘶啸，纛麾风掣，正共鹰鸢，韬略寰中，宏图化外，一代天骄张劲弦。堪比量，问古来王者，谁足齐肩？　版图尽改当年，大一统，皆书汗国篇，便贝加尔湖，解缰饮马，莽昆仑岳，听道询贤，掌上欧亚，儿侪分治，车驾穹庐动野烟，真壮烈，帅骁兵骥，直指天边。

岁在戊子仲夏　调寄沁园春　颂成吉思汗

江东范曾拜题

钤印：

成吉思汗造像　天意苍茫　十翼抱冲斋主　范曾长寿

天驕
調寄沁園春 頌
成吉思汗
歲在戊子仲夏
江東范曾拜題

己丑吉祥

145cm×365cm

题款：

抱冲斋主范曾

钤印：

高怀云岭　江东范曾　抱冲斋主

钟馗献寿

137cm×69cm

题款：

平生所画钟老累千，为他人祷者多，岁甲申余六六初度，写以自贺，时朝阳临窗，祥兆也。

江东十翼范曾

钤印：

桃花源中人　淡月追陪　抱冲斋主　范曾　略通古今之变

鍾馗獻壽
平生所畫鍾老累千為他人禱者多
歲甲申余六六初度寫以自賀時朝陽臨窗祥兆也
江東十翼之范曾

荷塘蕉荫图

69cm×69cm

题款：

岁在己丑十翼范曾

钤印：

己丑　十翼神来　抱冲斋主　江东范曾

荷塘蕉蔭圖

云无心以出岫

69cm×45cm

题款：

己丑年范曾

钤印：

己丑　十翼神来　范曾长寿　抱冲斋主

雲無心以出岫
乙丑年范曾

钟馗神威

69cm×45cm

题款：

岁己丑十翼范曾

钤印：

十翼神来　十翼范曾　抱冲斋主　己丑

鍾馗神威

昔年鸥鹭

69cm×45cm

题款：

岁己丑抱冲斋主范曾

钤印：

己丑　吉祥　范曾长寿　抱冲斋主

塘趣

69cm×69cm

题款：

戊子十翼抱冲斋主范曾

钤印：

如意　少许胜多许　江东范曾　无量寿者

塘趣
戊子大暑
抱冲斋
范曾

既见君子　云胡不喜

137cm×69cm

题款：

岁己丑抱冲斋主十翼范曾

钤印：

己丑吉祥　心手双畅　十翼　范曾之印

仿八大山人

137cm×69cm

题款：

己丑十翼范曾

钤印：

略通古今之变　十翼神来　十翼　范曾之印

远方来客

69cm×207cm

题款：

岁在己丑十翼抱冲斋主范曾

钤印：

丑年如意　桃花源中人　十翼　范曾之印

如来亦作狮子吼

91cm×145cm

题款：

岁在丁亥十翼范曾

钤印：

范曾长寿　寿无量　江东　范曾之印

如来亦作獅子吼

郎骑竹马来　绕床弄青梅

69cm×45cm

题款：

岁己丑范曾

钤印：

己丑　所思在远道　范曾长寿　抱冲斋主

郎騎竹馬來繞床弄青梅
歲乙丑
范曾

钟馗神威

69cm×45cm

题款：

岁己丑十翼范曾

钤印：

痴于绘画，能书，偶为词章，颇抒己怀；好读书史，略通古今之变。

双红豆簃　江东范曾　无量寿者

鍾馗神威

五岳寻仙不辞远

150cm×69cm

题款：

岁己丑十翼范曾

钤印：

略通古今之变　高怀云岭　范曾长寿　抱冲斋主

五嶽尋仙不辭遠
歲己丑

青青河塘草

137cm×69cm

题款：

岁己丑十翼范曾

钤印：

丑年如意　心手双畅　江东范曾　无量寿者

青青河塘中

野塘信步

69cm×69cm

题款：

岁己丑十翼范曾写

钤印：

己丑　所思在远道　江东范曾　无量寿者

野塘信步
歲己丑十翼范曾寫

老子出关

69cm×207cm

题款：

岁在己丑十翼范曾

钤印：

仁者寿　范曾长寿　抱冲斋主　丑年如意

野浦雏戏
69cm×45cm

题款：
岁己丑范曾

钤印：
心手双畅　范曾之印　己丑

野浦雛戲
歲乙丑范曾

东坡自乐　十翼无忧

137cm×69cm

题款：

岁丙戌范曾神来

钤印：

东坡神仙　十翼　范曾之印　略通古今之变

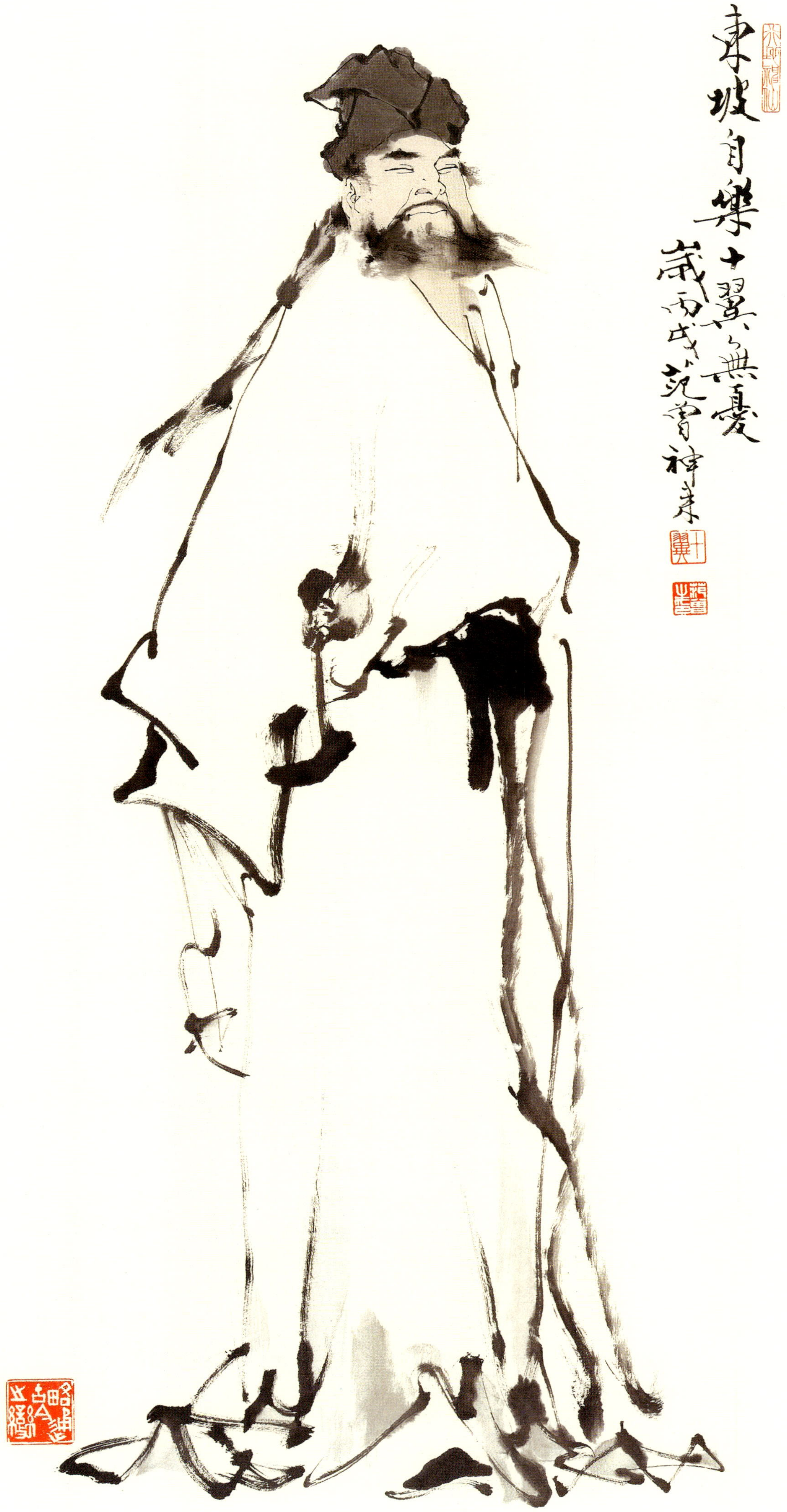
東坡自樂士翼無憂
歲丙戌范曾神來

钟馗神威

137cm×69cm

题款：

岁在己丑十翼抱冲斋主范曾

钤印：

己丑吉祥　所思在远道　江东范曾　无量寿者

达摩神悟图

69cm×45cm

题款：

己丑范曾

钤印：

十翼神来　十翼　范曾　己丑吉祥

達摩神悟圖
己丑范曾

老子出关

137cm×69cm

题款：

岁己丑十翼范曾

钤印：

略通古今之变　十翼神来　十翼　范曾之印

老子出關
歲己丑十翼范曾

荷塘深深

69cm×207cm

题款：

此景此情五十年前亦不多睹，更无论今矣。戊子十翼范曾
君子临渊，羡而不渔，童子其未必然也。戊子范曾

钤印：

无错　江东　范曾之印
无错　范曾

十翼神来

96cm×45cm

钤印：

丙戌　抱冲斋主　范曾之印

放鹤图

69cm×69cm

题款：

岁己丑抱冲斋主十翼范曾

钤印：

如意　范曾长寿　抱冲斋主　己丑吉祥

放鶴圖

钟馗神威

137cm×69cm

题款：

岁己丑十翼范曾

钤印：

十翼神来　江东范曾　略通古今之变

客从东方来

69cm×45cm

题款：

己丑十翼抱冲斋主范曾

钤印：

己丑　心手双畅　范曾长寿　抱冲斋主

客從東方來
乙丑

河塘清清

69cm×45cm

题款：

岁己丑范曾

钤印：

己丑　十翼神来　十翼　范曾

河塘清清
歲己丑范曾

李白诗意

96cm×179cm

题款：

丁亥十翼范曾

钤印：

抱冲斋主　江东　范曾之印　略通古今之变

达摩神悟图

137cm×69cm

题款：

岁在己丑十翼抱冲斋主范曾

钤印：

十翼神来　十翼　范曾之印　略通古今之变

達摩神悟圖
歲在己丑十翼抱冲齋
范曾

吾有佳犬　其性忠憨

69cm×45cm

题款：

己丑范曾

钤印：

己丑　所思在远道　范曾长寿　抱冲斋主

吾有佳犬
其性忠憨
己丑人范曾

伯乐

137cm×69cm

题款：

岁己丑十翼范曾

钤印：

十翼神来　范曾长寿　抱冲斋主　丑年如意

三人行必有我师焉

69cm×207cm

题款：

论语述而篇意。戊子年范曾写于花都

钤印：

无错　十翼　范曾　略通古今之变

吾饲宠物　汝当助吾

69cm×45cm

题款：

己丑十翼范曾

钤印：

十翼神来　范曾长寿　己丑吉祥

吾飼寵物汝當助吾

呼儿将出换美酒

69cm×45cm

题款：

己丑十翼范曾

钤印：

心手双畅　范曾长寿　抱冲斋主　己丑吉祥

呼兒將出換美酒
乙丑
范曾

岭上犹多高士云

69cm×45cm

题款：

己丑十翼范曾

钤印：

十翼神来　十翼　范曾　己丑吉祥

嶺上猶多高士雲

桑麻絮语

137cm×69cm

题款：

岁在己丑抱冲斋主十翼范曾

钤印：

己丑吉祥　心手双畅　十翼　范曾之印

桑麻絮語
歲在己丑

他年翻风大漠

69cm×45cm

题款：

岁己丑抱冲斋主范曾

钤印：

己丑　仁者寿　十翼　范曾之印

翻風
大漠
歲乙丑
抱沖齋
范曾

我本楚狂人　五岳寻仙不辞远

137cm×69cm

题款：

岁己丑范曾

钤印：

抱冲斋主　范曾长寿　抱冲斋主　丑年如意

我本楚狂人五嶽尋仙不辭遠
歲己丑范曾

仿八大山人

137cm×69cm

题款：

己丑十翼范曾

钤印：

桃花源中人　范曾长寿　抱冲斋主　略通古今之变

老子出关

69cm×45cm

题款：

岁己丑十翼范曾

钤印：

己丑　高怀云岭　范曾之印

老子出關

有事于西畴

145cm×365cm

题款：

岁丁亥春日抱冲斋主　十翼江东范曾

钤印：

高怀云岭　抱冲斋主　十翼范曾　八万里云驰飚作

书圣临池

137cm×69cm

题款：

戊子年十翼范曾

钤印：

随心所欲不逾矩　心手双畅　范曾长寿　抱冲斋主

書聖臨池戊子年

田边小子

69cm×45cm

题款：

岁己丑十翼范曾

钤印：

十翼神来　范曾之印　己丑吉祥

田邊小子歲己丑
十翼范曾

荷叶盖头归 知是前山雨

69cm×45cm

题款：

己丑十翼范曾

钤印：

己丑 所思在远道 范曾长寿 抱冲斋主

荷葉蓋頭歸知
是前山雨 己丑大暑 范曾

老子出关

145cm×92cm

题款：

岁丙戌范曾

钤印：

仁者寿　十翼　范曾之印　略通古今之变

老子出關
歲丙戌范曾

童年回忆

137cm×69cm

题款：

岁己丑范曾于京华

钤印：

丑年如意　桃花源中人　范曾长寿　抱冲斋主

童年回憶
歲己丑
范曾於京華

田边小子

69cm×69cm

题款：

岁己丑十翼范曾

钤印：

己丑　抱冲斋主　江东范曾　无量寿者

田邊小子
歲己丑

野水遊鱼

69cm×69cm

题款：

岁己丑范曾

钤印：

己丑大吉　双红豆簃　江东范曾　无量寿者

野水遊魚
歲己丑范曾

柏荫读骚

53cm×158cm

题款：

岁己丑十翼江东范曾

钤印：

己丑　抱冲斋主　江东范曾　无量寿者

栢蔭讀騷
歲己丑畫
江東范曾

庭有鹤

69cm×45cm

题款：

岁己丑十翼江东范曾

钤印：

己丑　抱冲斋主　江东范曾　无量寿者

庭有鹤
江东范曾

云无心以出岫　鸟倦飞而知还

137cm×69cm

题款：

岁己丑十翼范曾

钤印：

己丑　桃花源中人　范曾长寿　抱冲斋主

鳥倦飛而知還
歲己丑十翼范曾

余作画必至尽其善美　画之足传岂徒然哉

69cm×45cm

题款：

己丑十翼江东范曾

钤印：

己丑　十翼神来　十翼　范曾

仁者拜仁兽

69cm×207cm

题款：

岁戊子抱冲斋主十翼范曾

钤印：

范曾长寿　无错　抱冲斋主　范曾长寿

岭上犹多高士云

53cm×158cm

题款：

己丑十翼抱冲斋主范曾

钤印：

丑年如意　十翼神来　范曾长寿　抱冲斋主

嶺上猶多高士雲
范曾

桑麻絮语

69cm×45cm

题款：

岁己丑范曾

钤印：

痴于绘画，能书，偶为词章，颇抒己怀；好读书史，略通古今之变。

双红豆簃　江东范曾　无量寿者

尋麻絮語
歲己丑 范曾
江東范曾

远方来客

69cm×45cm

题款：

己丑范曾

钤印：

十翼神来　十翼　范曾　丑年如意

遠方來客
己丑 范曾

十翼神来

96cm×45cm

钤印：

丙戌　抱冲斋主　范曾之印

他年勇士

45cm×69cm

题款：

己丑范曾

钤印：

心手双畅　范曾长寿　抱冲斋主　己丑大吉

斗牛勇士
己丑 范曾

十翼逸兴

96cm×45cm

钤印：

丙戌　抱冲斋主　范曾之印

少林神童

69cm×45cm

题款：

己丑范曾

钤印：

十翼神来　十翼范曾　抱冲斋主　己丑

少林神童 己丑 范曾

神兽

137cm×69cm

题款：

岁己丑十翼范曾

钤印：

略通古今之变　抱冲斋主　范曾长寿　抱冲斋主

老子出关

137cm×69cm

题款：

岁己丑十翼江东范曾

钤印：

略通古今之变　摇笔散珠　十翼　范曾之印

老子出關
歲己丑十翼江東人范曾

少年回忆

137cm×69cm

题款：

戊子十翼范曾

钤印：

十翼神来　范曾之印　戊子快乐

少年回憶
戊子十翼范曾

岭上犹多高士云

69cm×69cm

题款：

岁己丑十翼范曾

钤印：

己丑　辽鹤归来　范曾

嶺上猶多高士雲
歲己丑十翼范曾

书法　广大慈悲　丁亥秋仲范曾

绘画　吾家有善缘　丁亥范曾

79cm×54cm

钤印：

心手双畅　十翼范曾　抱冲斋主

抱冲斋　十翼　江东范曾

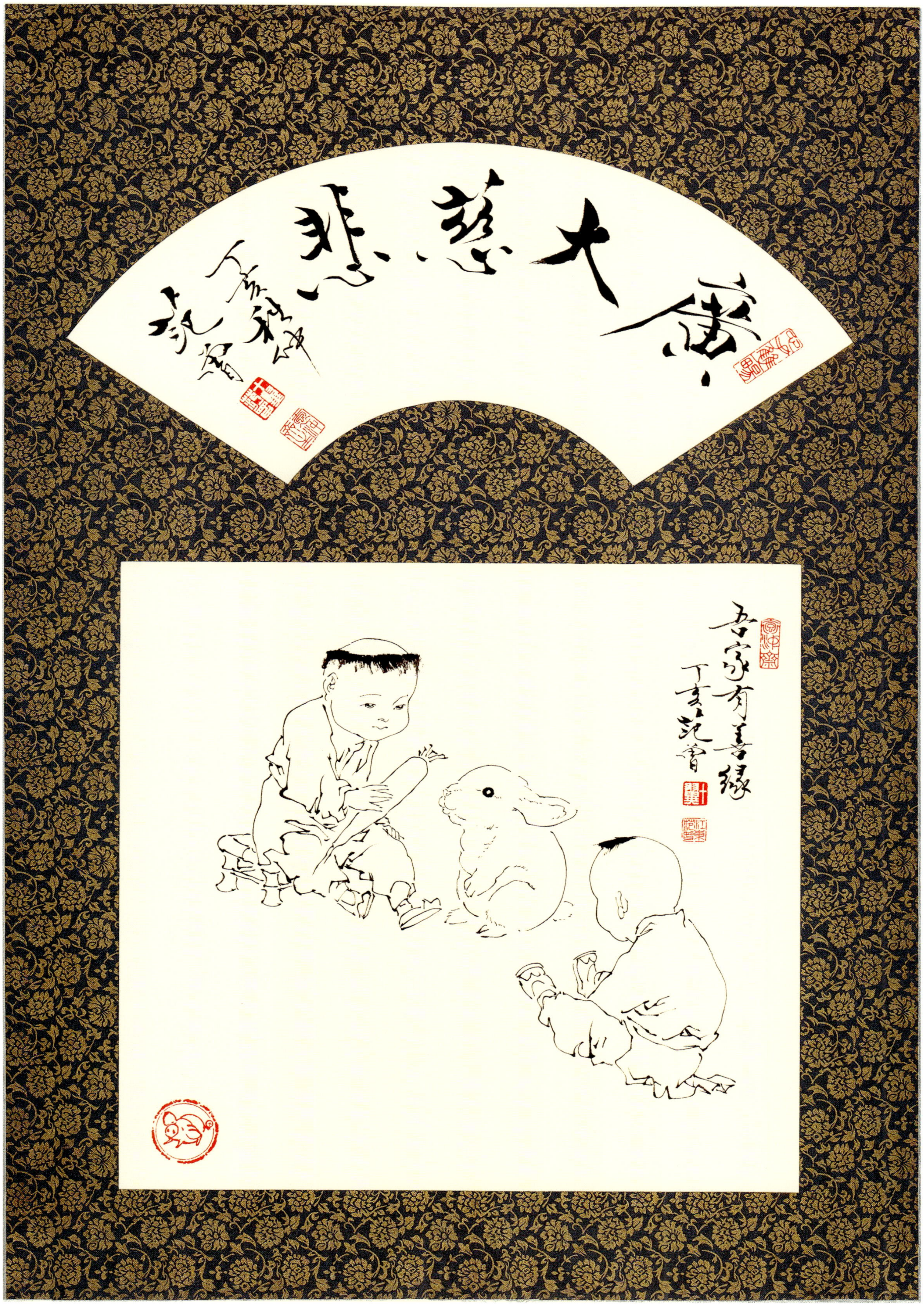

廣大慈悲
吾家有善緣

绘画　书圣临蕉　十翼范曾

书法　书圣临蕉　丁亥秋仲　范曾

73cm×54cm

钤印：

吉祥　追陪先贤　范曾雅趣　丁亥

抱冲斋主　江东范曾

丁亥秋仲
書聖臨蕉
范曾

绘画　荷塘青青　范曾

书法　童年回忆　丁亥范曾

79cm×54cm

钤印：

吉祥　追陪先贤　范曾雅趣

丁亥　江东范曾

荷塘青青
范曾
童年回憶
丁亥
范曾

绘画　沙场秋点兵　丁亥范曾

书法　他年翻风大漠　今日驴背逞雄　丁亥秋仲范曾

79cm×54cm

钤印：

淡月追陪　十翼　江东范曾　当其下手风雨快

抱冲斋　江东范曾

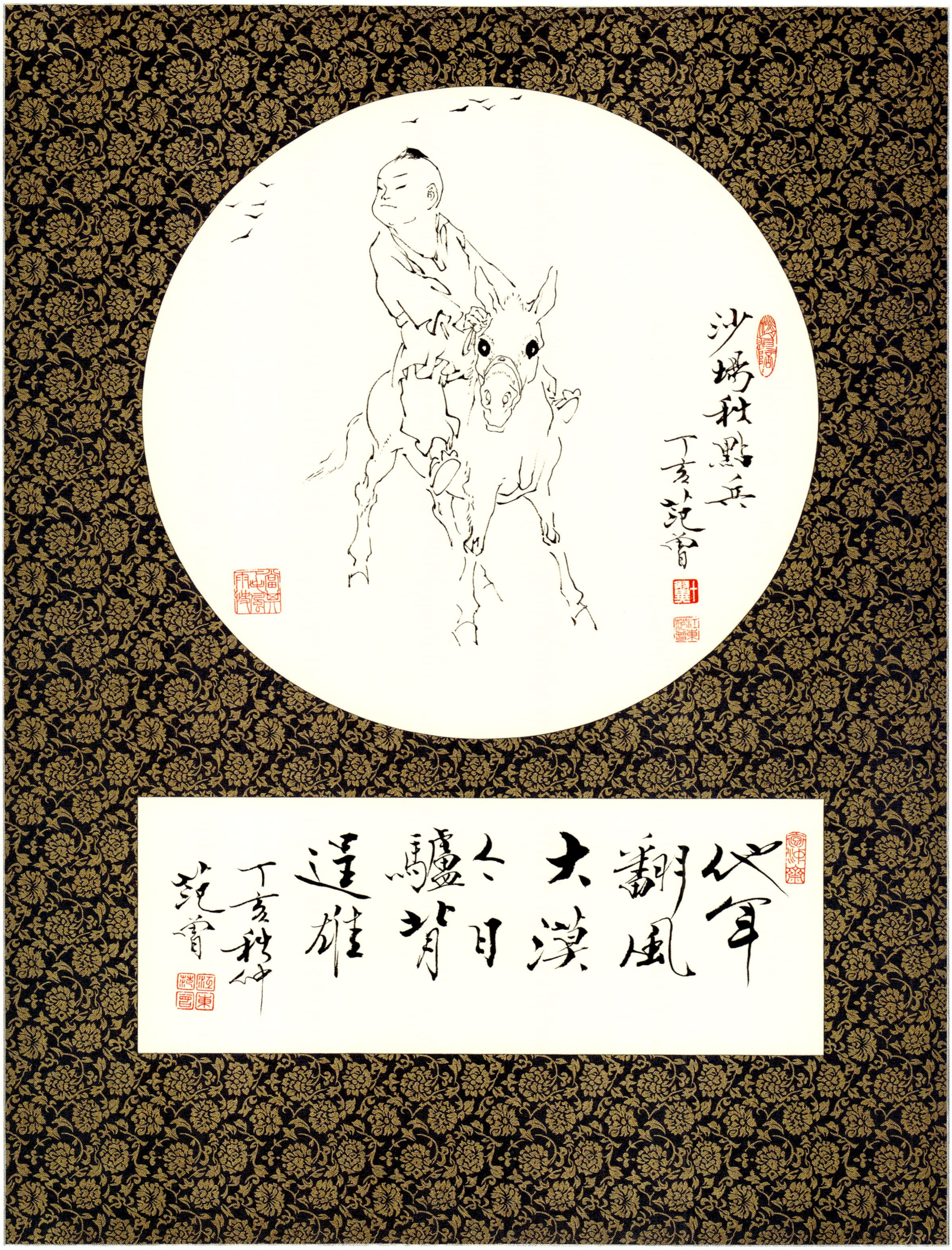
沙場秋點兵
丁亥 范曾
少年翻風大漠夕日驢背逞雄
丁亥秋仲 范曾

绘画　瑶池三千年结实之桃　十翼写

书法　西望瑶池降王母，东来紫气满函关。杜甫句也。抱冲斋主范曾丁亥

79cm×54cm

钤印：

抱冲斋主　江东　范曾之印　先忧后乐

吉祥　十翼范曾　抱冲斋主

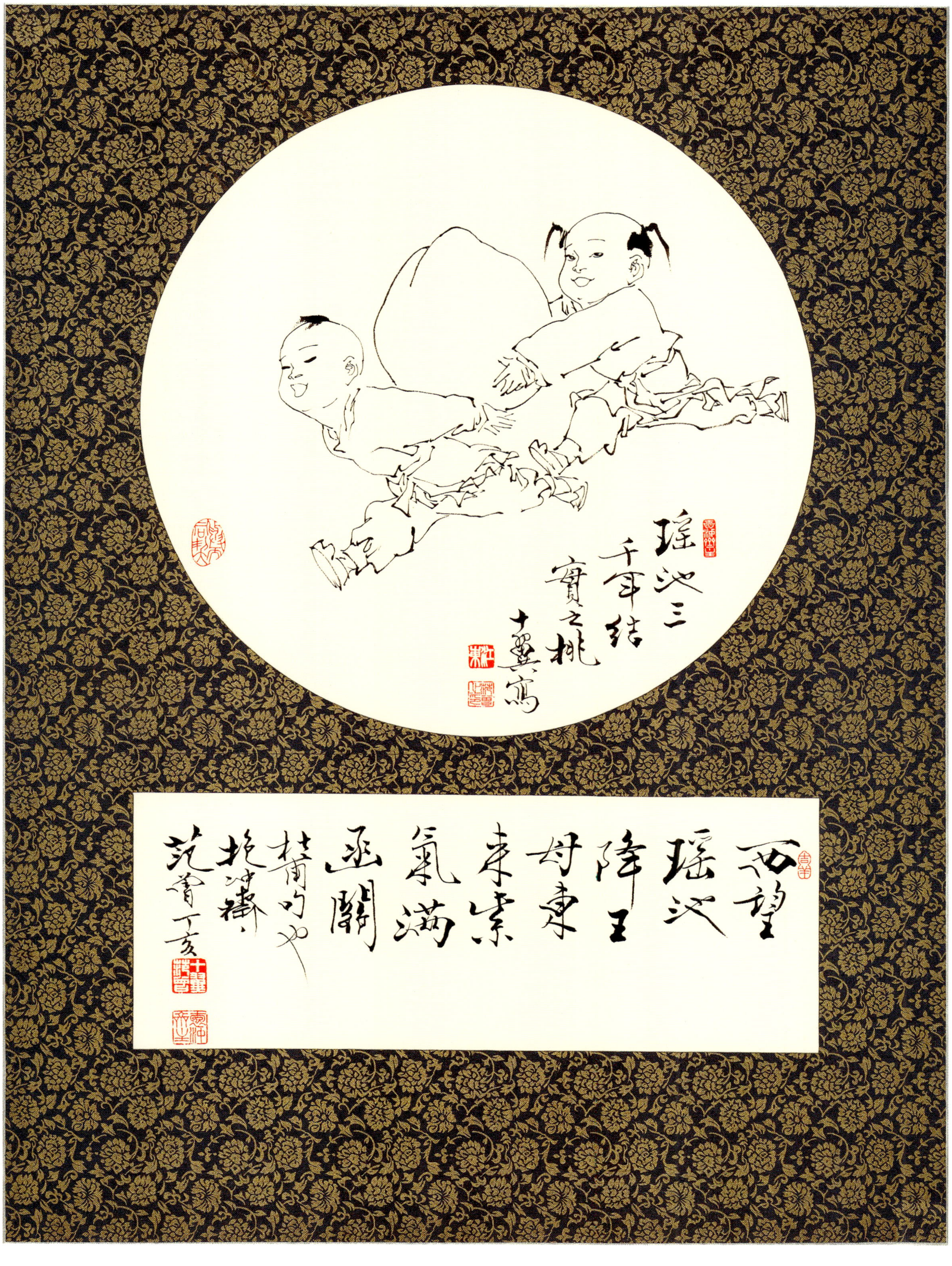
西望瑶池降王母
東来紫氣滿函關
范曾丁亥

绘画　相看两不厌　十翼范曾

书法　相看两不厌，唯有家中黄。丁亥秋仲十翼范曾

79cm×54cm

钤印：

彼美一人　江东　范曾之印　当其下手风雨快

淡月追陪　十翼范曾　抱冲斋主

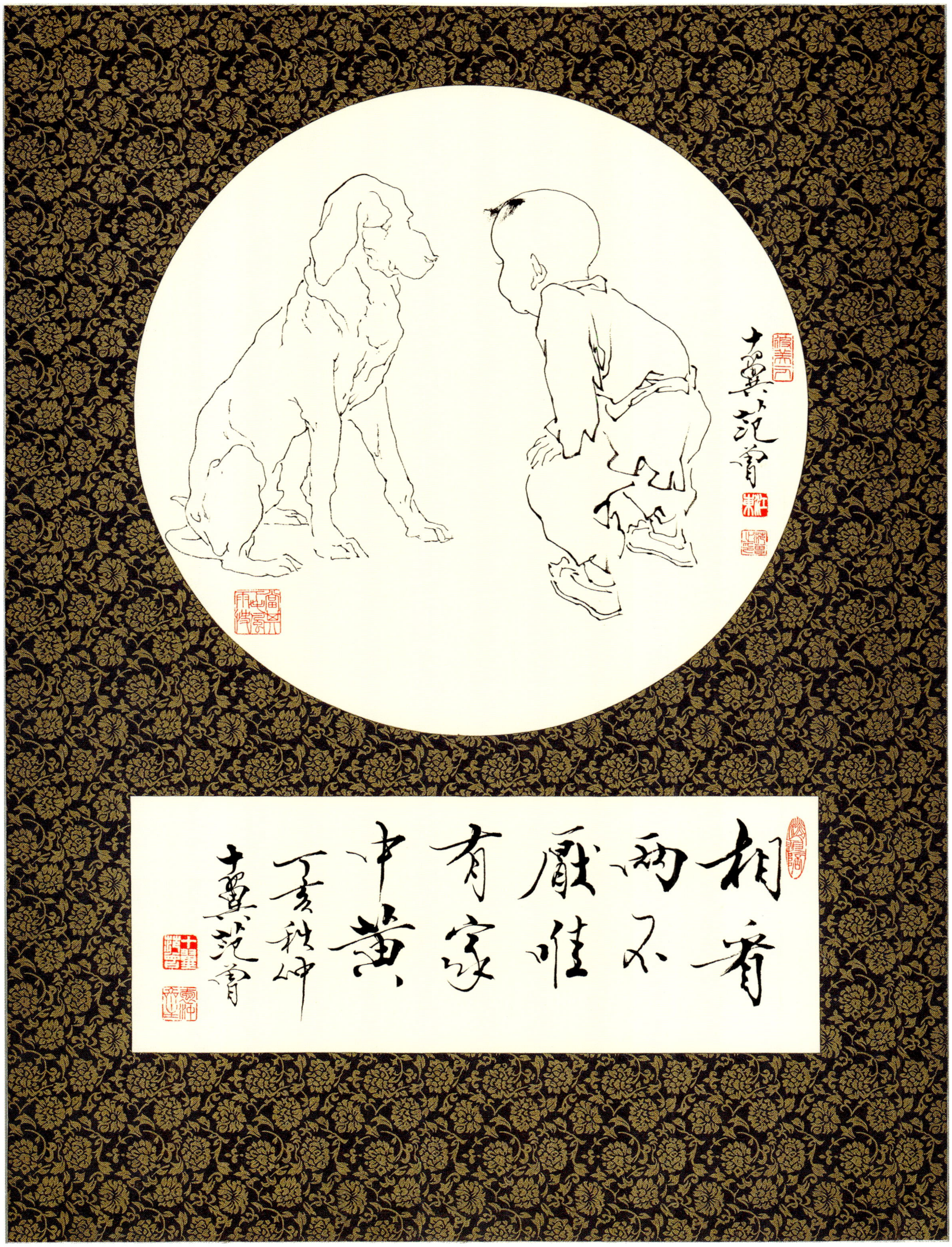
相看兩不厭唯有家中黄
丁亥秋仲
十翼范曾

绘画　汝不我听乎　丁亥十翼范曾

书法　六道众生咸有悟性　丁亥秋仲范曾

79cm×54cm

钤印：

先忧后乐　吉祥　江东　范曾之印

心手双畅　十翼范曾

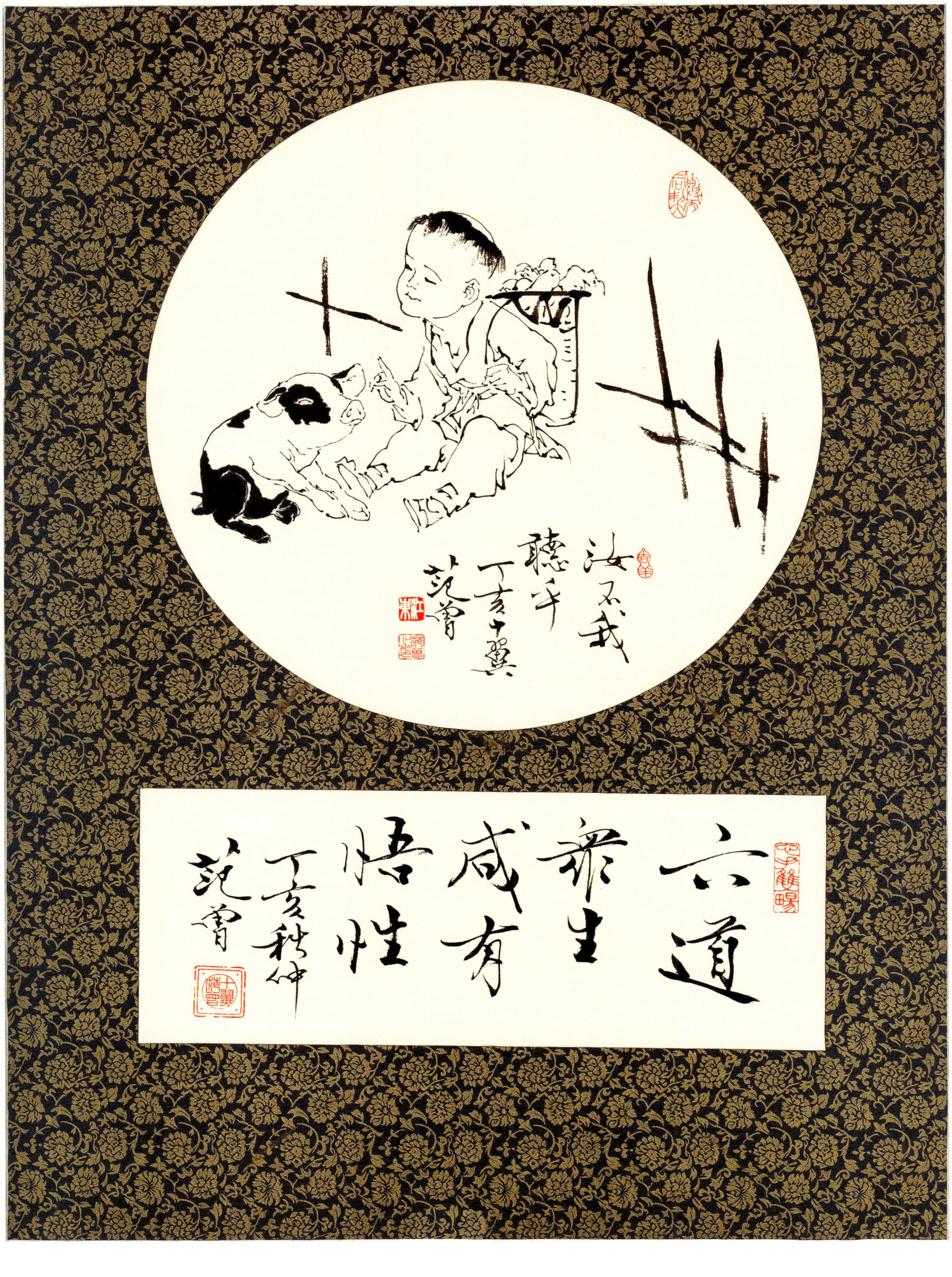
汝不我聽乎
丁亥十翼
范曾
六道衆生咸有悟性
丁亥秋仲
范曾

书法　无双国士　丁亥范曾

绘画　意志与力量的拼搏　二〇〇八奥运感怀　丁亥范曾写

79cm×54cm

钤印：

心手双畅　十翼范曾

淡月追陪　十翼　江东范曾

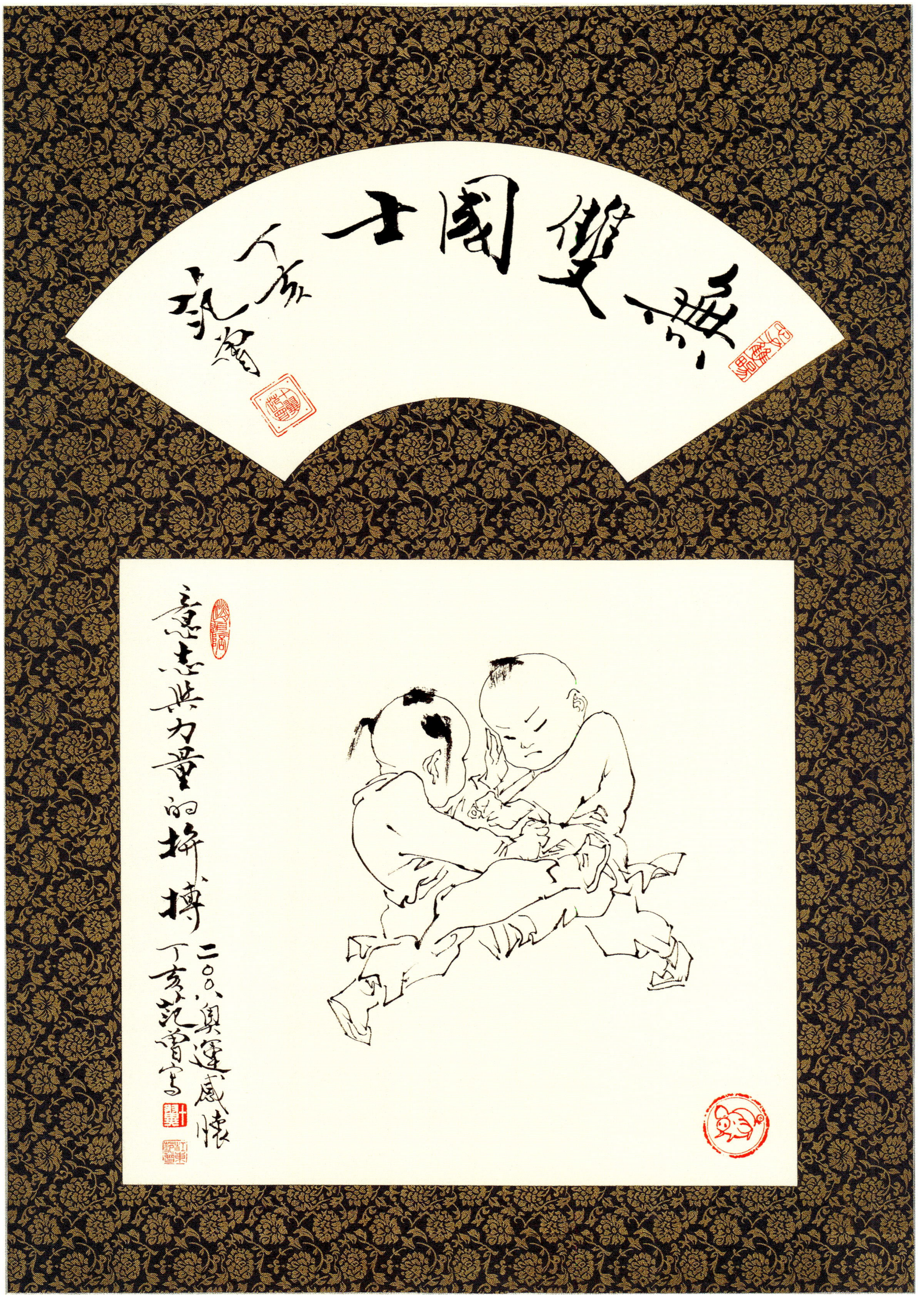
無雙國士
丁亥 范曾
意志與力量的拚搏
二〇〇八奧運感懷
丁亥范曾寫

书法　仁者拜仁兽　岁丁亥抱冲斋主范曾

绘画　仁者拜仁兽　丁亥十翼范曾

79cm×54cm

钤印：

仁者寿　十翼范曾　抱冲斋主

丁亥　江东范曾

书法作品

沁园春

庄肃崇陵，碧昊凝云，急雨似泉，看英雄铁铸，犹闻嘶啸，纛麾风掣，正共鹰鸢，韬略寰中，宏图化外，一代天骄张劲弦。堪比量，问古来王者，谁足齐肩？ 版图尽改当年，大一统，皆书汗国篇，便贝加尔湖，解缰饮马，莽昆仑岳，听道询贤，掌上欧亚，儿侪分治，车驾穹庐动野烟，真壮烈，帅骁兵骏骥，直指天边。

岁在丁亥，遊鄂尔多斯，拜成吉思汗陵。气象雄阔，追怀古杰，写此志无限景仰。己丑年范曾敬书。

145cm×345cm

钤印：

天意苍茫　己丑　江东范曾　抱冲斋主

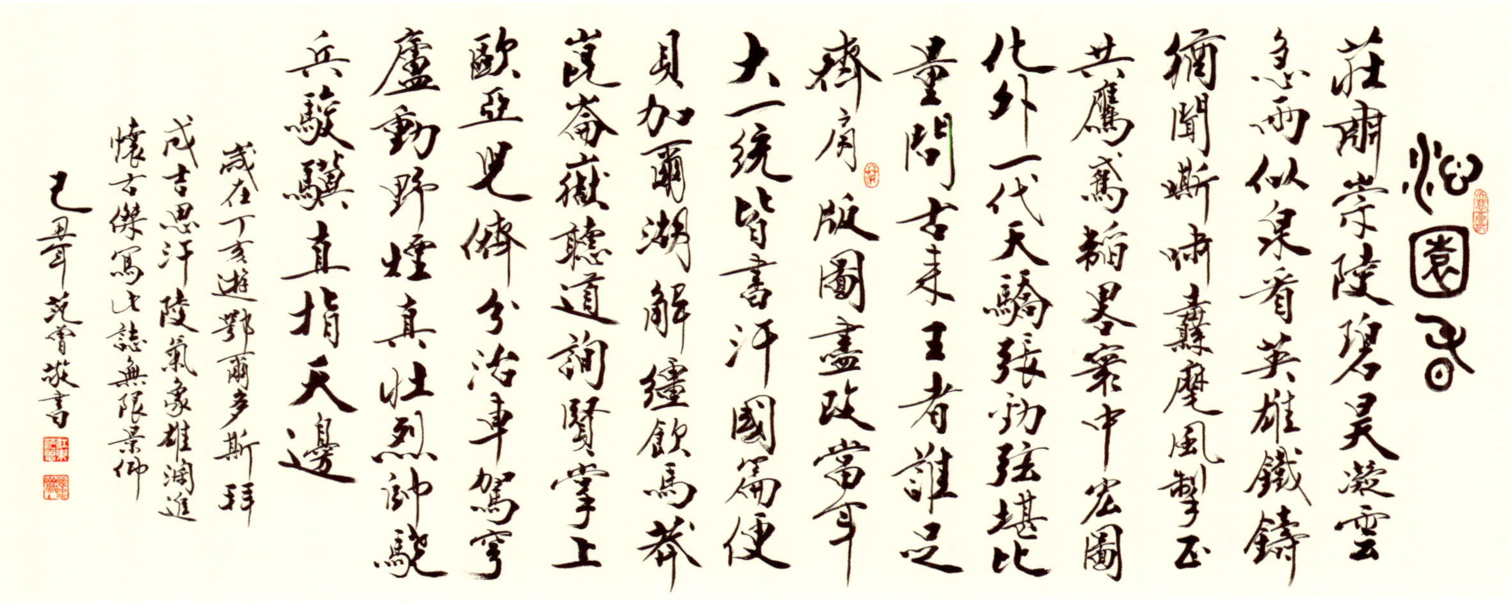
沁園春
莊肅茂陵望昊天凝雲
急雨似泉看英雄鐵鑄
猶聞嘶嘯轟塵風掣玉
共鷹鳶翰墨案中宏圖
化外一代天驕張弦堪比
量問古來王者誰之
齊肩版圖盡政當年
大一統皆書汗國偏使
貝加爾湖解纏飲馬裕
崑崙嶺聽道詢賢掌上
歐亞見儔分治車駕穹
廬動野煙真壯烈師馳
兵駿驥直指天邊
歲在丁亥遊鄂爾多斯拜
成吉思汗陵氣象雄闊追
懷古傑寫此誌無限景仰
己丑年 苑曾敬書

尊汗仰苍冒野火，穹车海岳惊慄，曾经揽辔擒顽兕；
万骥旋地凭奇兵，韬略欧亚掩麾，岂止弯弓射大雕。

题成吉思汗像

己丑范曾

365cm×73cm×2

钤印：

天意苍茫　十翼范曾长寿无量

尊汗仰蒼冒野火穹車海嶽驚慄
曾經攬轡擒頑兒
題成吉思汗像
豈止彎弓射大鵰
萬驥旋地凭奇兵韜畧歐亞掩麾
乙丑范曾

肩舆直上白云梯，古刹林深路欲迷。
绝顶一声长啸罢，排天空阔万山低。
元帖木耳诗　己丑年范曾书
137cm×69cm

铃印：
仁者寿　十翼江东　范曾书画

肩輿直上白雲梯古刹
林深路欲迷絶頂一聲
長嘯罷排天空闊萬
山低
元帖木耳詩 己丑年

雪消山势出，风定涧声来。

元白衣保句

己丑年范曾

137cm×69cm

钤印：

高怀云岭　十翼范曾

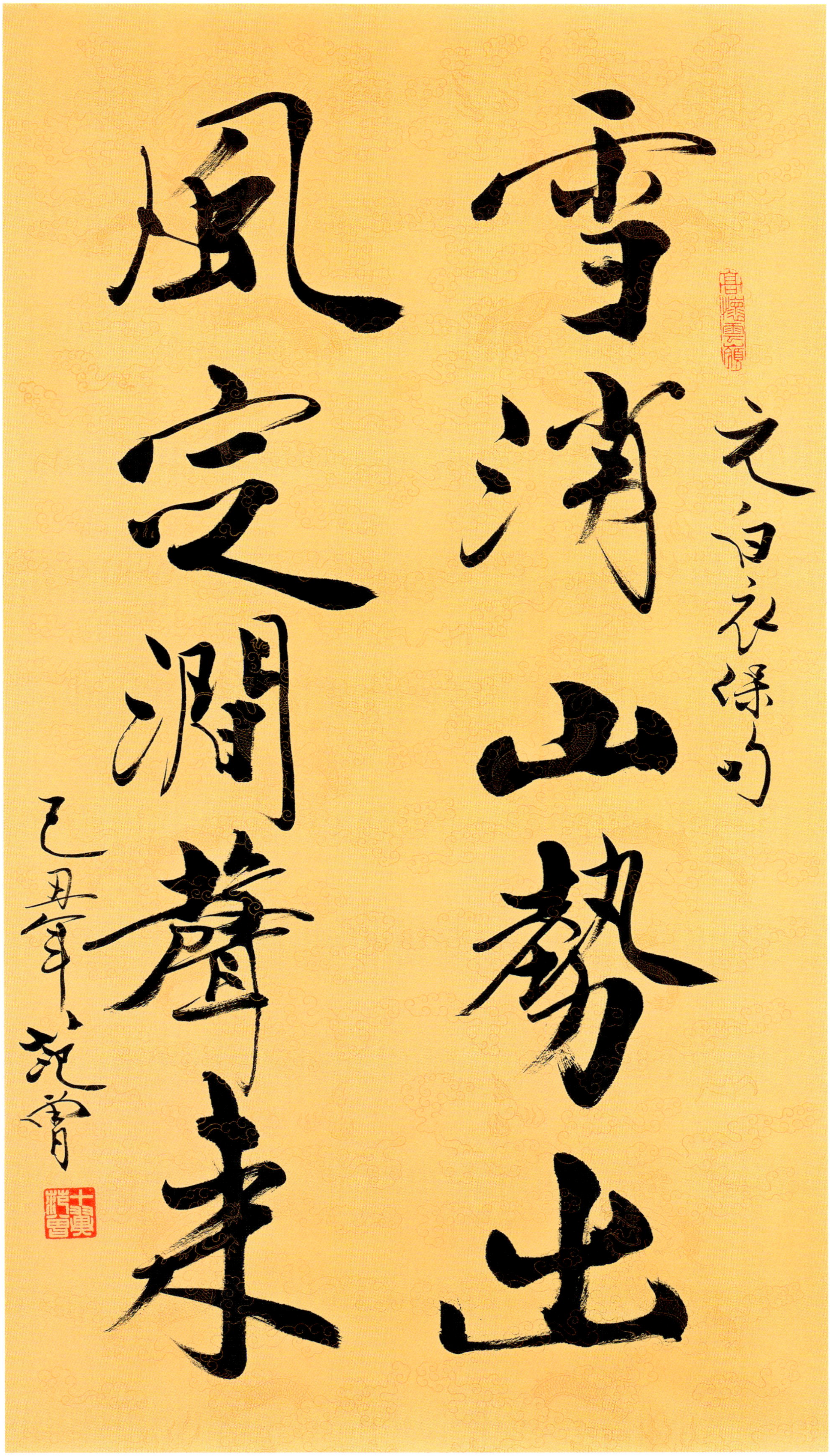
雪消山勢出
風定澗聲來

剑指青山山欲裂，马饮长江江欲竭。
精兵百万下江南，干戈不染生灵血。

元伯颜诗　己丑年范曾

137cm×69cm

钤印：

仁者寿　范曾长寿　抱冲斋主

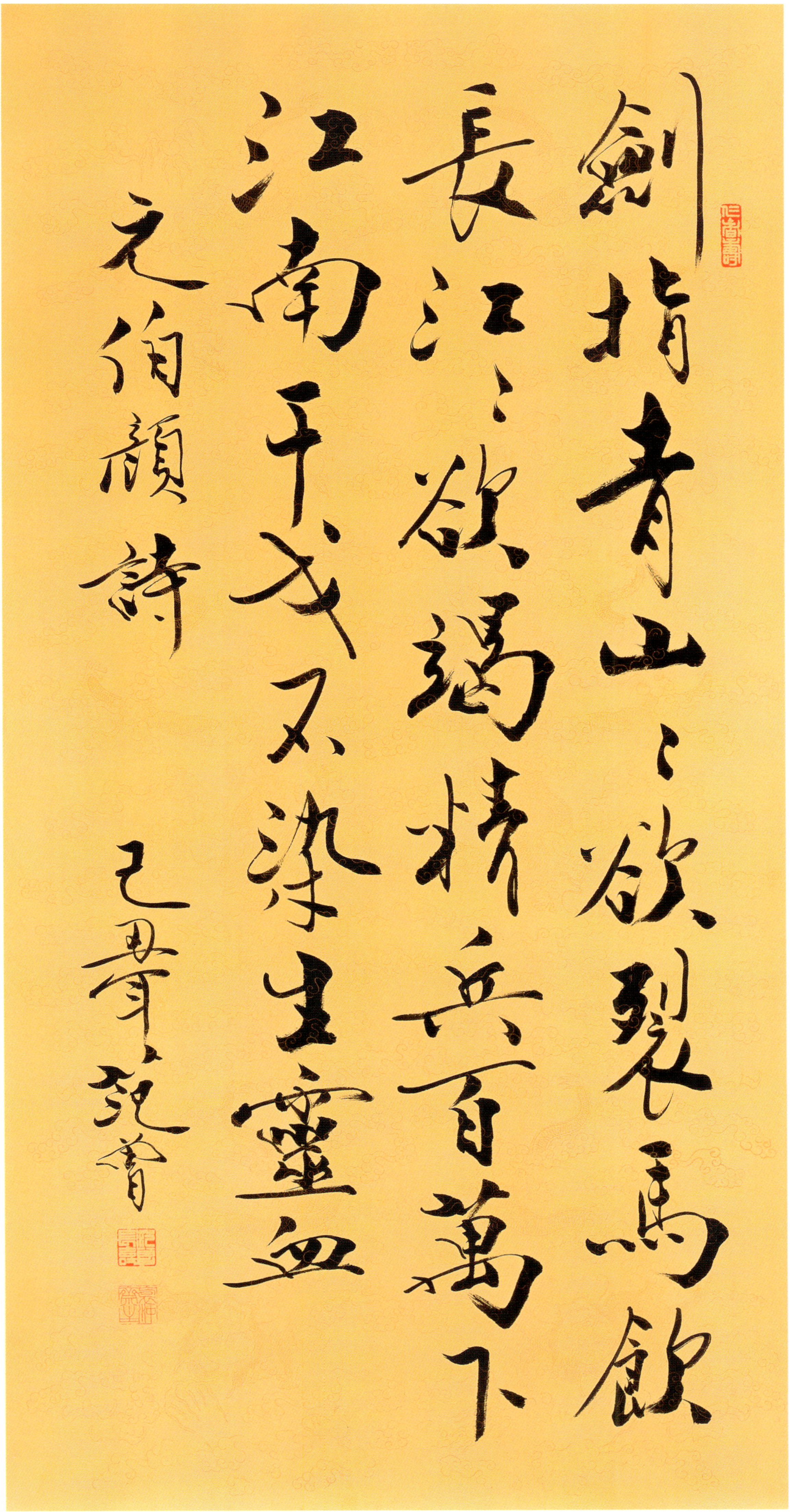
劍指青山山欲裂馬飲
長江江欲竭精兵百萬下
江南干戈不染生靈血
元伯顏詩
己丑春

铁马金戈翻风大漠，天蓝云白播雨长林。

己丑年　十翼范曾

180cm×45cm

铃印：

直抒情达　范曾长寿　抱冲斋主

鐵馬金戈翻風大漢
己丑年
天藍雲白橘雨長林
范曾

雨霈琼干岩边竹，风袭琴声岭际松。

元世祖忽必烈句　己丑年范曾

137cm×69cm

钤印：

高怀云岭　十翼江东　范曾书画

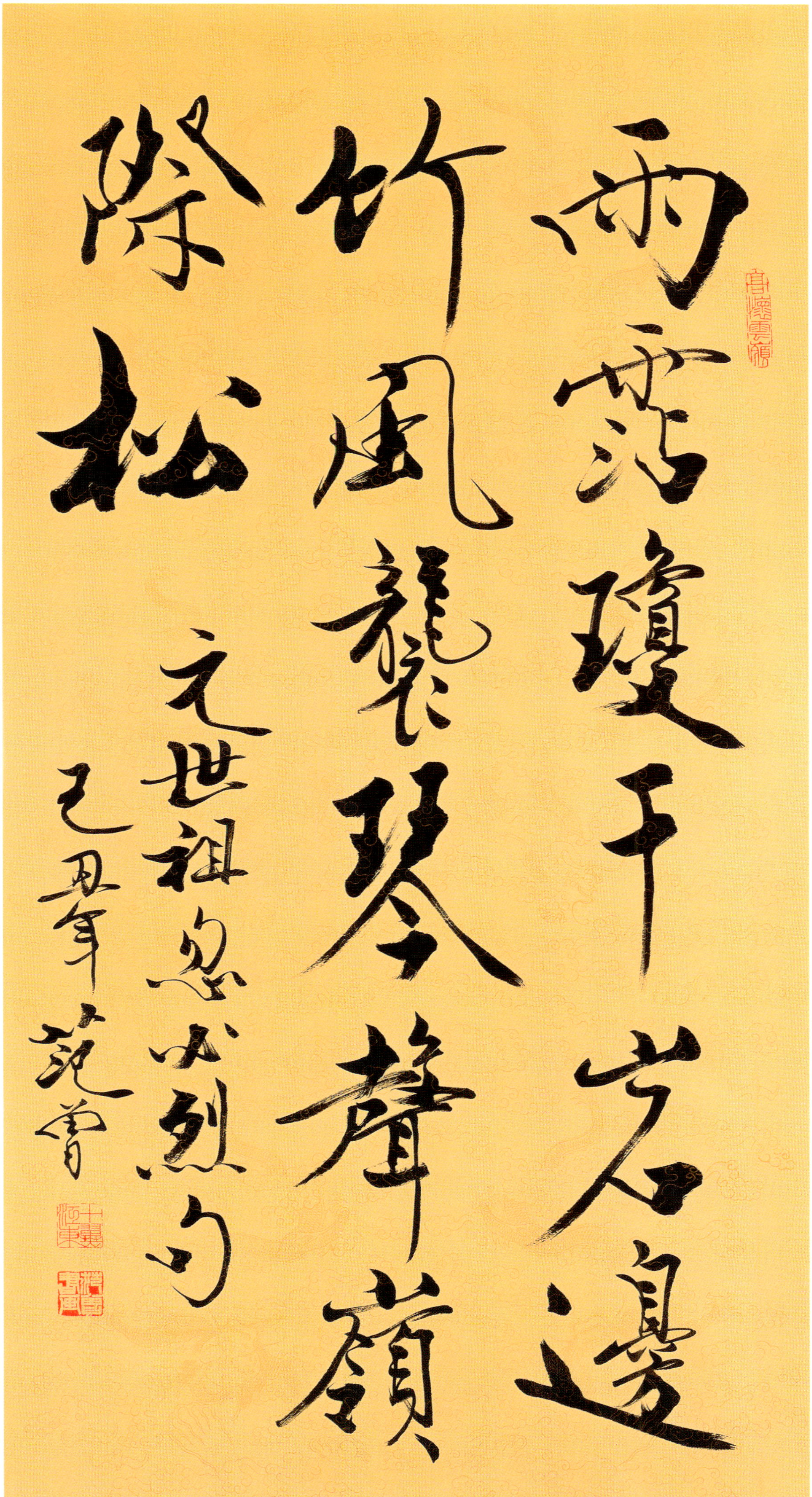
雨霑瓊干岩邊
竹風襲琴聲嶺
際松
元世祖忽必烈句
己丑年 范曾

塞北祥云

己丑年范曾

35cm×137cm

铃印：

高怀云岭　江东范曾

塞北祥雲
己丑年
范曾

远接昆岗

岁己丑范曾

35cm×137cm

钤印：

高怀云岭　江东范曾

遠接崑崙
歲己丑
范曾

天边云飞

己丑年范曾

35cm×137cm

钤印：

高怀云岭　江东范曾

天邊雲飛
己丑年
梵曾

询贤问道

己丑年范曾

35cm×137cm

钤印：

桃花源中人　江东范曾

询贤问道
己丑年 范曾

碧草连天

己丑年范曾

35cm×137cm

钤印：

桃花源中人　江东范曾

碧草连天
己丑年
范曾

碧空凝云

己丑年范曾

35cm×137cm

铃印：

桃花源中人　江东范曾

碧空凝雲
己丑年
范曾

骁兵骏骥

己丑年范曾

35cm×137cm

钤印：

天下英雄谁敌手　江东范曾

驍兵駿驥

草原雄风

己丑年范曾

35cm×137cm

钤印：

高怀云岭　江东范曾

中原雄風

乙丑年 范曾

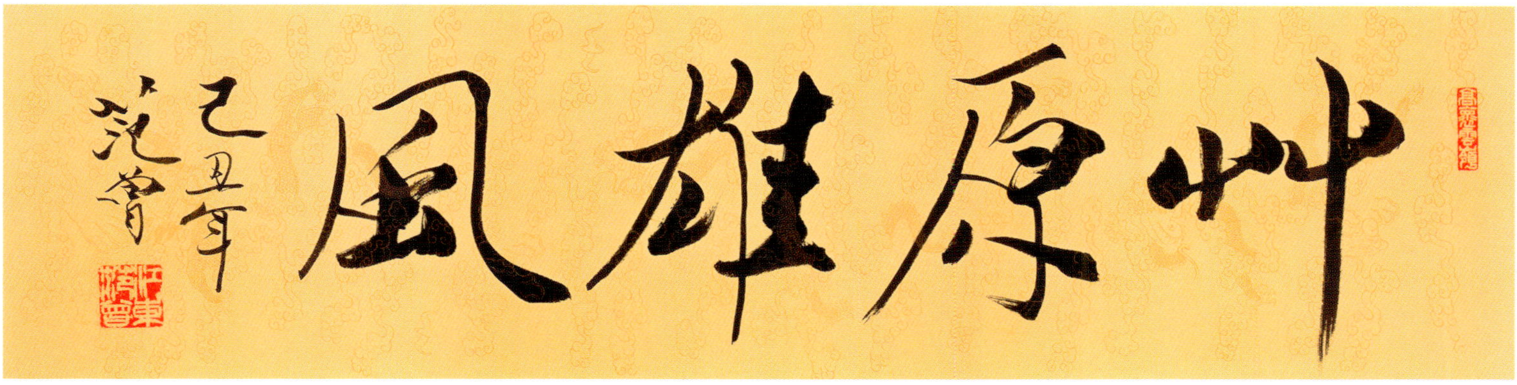

万树梨花

己丑年范曾

35cm×137cm

铃印：

桃花源中人　江东范曾

萬樹梨花
己丑年
苑青

敕勒川流

己丑年范曾

35cm×137cm

铃印：

高怀云岭　江东范曾

敕勒川流
己丑年
范曾

天似穹庐

己丑年范曾

35cm×137cm

铃印：

高怀云岭　江东范曾

天似穹廬
己丑年
范曾

漠北豪情

己丑年范曾

35cm×137cm

铃印：

高怀云岭　江东范曾

漠北豪情
己丑年
范曾

威震遐迩

己丑年范曾

35cm×137cm

铃印：

天下英雄谁敌手　江东范曾

万骥驰骋

己丑年范曾

35cm×137cm

钤印：

天下英雄谁敌手　江东范曾

电驰风掣

己丑年范曾

35cm×137cm

钤印：

天下英雄谁敌手　江东范曾

電馭風掣
己丑年
范曾

马上琵琶

己丑年范曾

35cm×137cm

钤印：

桃花源中人　江东范曾

馬上琵琶
己丑年
范曾

雪覆毡裘

己丑年范曾

35cm×137cm

钤印：

桃花源中人　江东范曾

雪䨼邅袠
己丑年
范曾

苍天雄鹰

己丑年范曾

35cm×137cm

钤印：

天下英雄谁敌手　江东范曾

蒼天雄鷹

草偃风迴

己丑年范曾

35cm×137cm

铃印：

桃花源中人　江东范曾

英雄铁铸

己丑年范曾

35cm×137cm

钤印：

天下英雄谁敌手　江东范曾

英雄鑄鐵

意共鹰鸢

己丑年范曾

35cm×137cm

铃印：

抱冲斋主　江东范曾

霜蹄踏雪

己丑年范曾

35cm×137cm

钤印：

天下英雄谁敌手　江东范曾

云横大野

己丑年范曾

35cm×137cm

钤印：

挑花源中人　江东范曾

雲横大野
己丑年
范曾

作品索引

作品索引

绘　画

2	天边　365cm×145cm	94	老子出关　69cm×45cm
4	己丑吉祥　145cm×365cm	96	有事于西畴　145cm×365cm
8	钟馗献寿　137cm×69cm	100	书圣临池　137cm×69cm
10	荷塘蕉荫图　69cm×69cm	102	田边小子　69cm×45cm
12	云无心以出岫　69cm×45cm	104	荷叶盖头归　知是前山雨　69cm×45cm
14	钟馗神威　69cm×45cm	106	老子出关　145cm×92cm
16	昔年鸥鹭　69cm×45cm	108	童年回忆　137cm×69cm
18	塘趣　69cm×69cm	110	田边小子　69cm×69cm
20	既见君子　云胡不喜　137cm×69cm	112	野水遊鱼　69cm×69cm
22	仿八大山人　137cm×69cm	114	柏荫读骚　53cm×158cm
24	远方来客　69cm×207cm	116	庭有鹤　69cm×45cm
28	如来亦作狮子吼　91cm×145cm	118	云无心以出岫　鸟倦飞而知还　137cm×69cm
30	郎骑竹马来　绕床弄青梅　69cm×45cm	120	余作画必至尽其善美　画之足传岂徒然哉　69cm×45cm
32	钟馗神威　69cm×45cm	122	仁者拜仁兽　69cm×207cm
34	五岳寻仙不辞远　150cm×69cm	126	岭上犹多高士云　53cm×158cm
36	青青河塘草　137cm×69cm	128	桑麻絮语　69cm×45cm
38	野塘信步　69cm×69cm	130	远方来客　69cm×45cm
40	老子出关　69cm×207cm	132	十翼神来　96cm×45cm
44	野浦雏戏　69cm×45cm	134	他年勇士　45cm×69cm
46	东坡自乐　十翼无忧　137cm×69cm	136	十翼逸兴　96cm×45cm
48	钟馗神威　137cm×69cm	138	少林神童　69cm×45cm
50	达摩神悟图　69cm×45cm	140	神兽　137cm×69cm
52	老子出关　137cm×69cm	142	老子出关　137cm×69cm
54	荷塘深深　69cm×207cm	144	少年回忆　137cm×69cm
58	十翼神来　96cm×45cm	146	岭上犹多高士云　69cm×69cm
60	放鹤图　69cm×69cm	148	书法　广大慈悲 绘画　吾家有善缘　79cm×54cm
62	钟馗神威　137cm×69cm	150	绘画　书圣临蕉 书法　书圣临蕉　73cm×54cm
64	客从东方来　69cm×45cm	152	绘画　荷塘青青 书法　童年回忆　79cm×54cm
66	河塘清清　69cm×45cm	154	绘画　沙场秋点兵 书法　他年翻风大漠　今日驴背逞雄　79cm×54cm
68	李白诗意　96cm×179cm	156	绘画　瑶池三千年结实之桃 书法　西望瑶池降王母，东来紫气满函关。　79cm×54cm
70	达摩神悟图　137cm×69cm	158	绘画　相看两不厌 书法　相看两不厌,唯有家中黄。　79cm×54cm
72	吾有佳犬　其性忠惷　69cm×45cm	160	绘画　汝不我听乎 书法　六道众生咸有悟性　79cm×54cm
74	伯乐　137cm×69cm	162	书法　无双国士 绘画　意志与力量的拼搏　79cm×54cm
76	三人行必有我师焉　69cm×207cm	164	书法　仁者拜仁兽 绘画　仁者拜仁兽　79cm×54cm
80	吾饲宠物　汝当助吾　69cm×45cm		
82	呼儿将出换美酒　69cm×45cm		
84	岭上犹多高士云　69cm×45cm		
86	桑麻絮语　137cm×69cm		
88	他年翻风大漠　69cm×45cm		
90	我本楚狂人　五岳寻仙不辞远　137cm×69cm		
92	仿八大山人　137cm×69cm

书 法

168 沁园春 145cm×345cm

170 尊汗仰苍冒野火，穹车海岳惊慄，曾经揽辔擒顽兕；万骥旋地凭奇兵，韬略欧亚掩麾，岂止弯弓射大雕。 365cm×73cm

172 肩舆直上白云梯，古刹林深路欲迷。绝顶一声长啸罢，排天空阔万山低。 137cm×69cm

174 雪消山势出，风定涧声来。 137cm×69cm

176 剑指青山山欲裂，马饮长江江欲竭。精兵百万下江南，干戈不染生灵血。 137cm×69cm

178 铁马金戈翻风大漠，天蓝云白播雨长林。 180cm×45cm

180 雨霑琼干岩边竹，风袭琴声岭际松。 137cm×69cm

182 塞北祥云 35cm×137cm

184 远接昆岗 35cm×137cm

186 天边云飞 35cm×137cm

188 询贤问道 35cm×137cm

190 碧草连天 35cm×137cm

192 碧空凝云 35cm×137cm

194 骁兵骏骥 35cm×137cm

196 草原雄风 35cm×137cm

198 万树梨花 35cm×137cm

200 敕勒川流 35cm×137cm

202 天似穹庐 35cm×137cm

204 漠北豪情 35cm×137cm

206 威震遐迩 35cm×137cm

208 万骥驰骋 35cm×137cm

210 电驰风掣 35cm×137cm

212 马上琵琶 35cm×137cm

214 雪覆毡裘 35cm×137cm

216 苍天雄鹰 35cm×137cm

218 草偃风迴 35cm×137cm

220 英雄铁铸 35cm×137cm

222 意共鹰鸢 35cm×137cm

224 霜蹄踏雪 35cm×137cm

226 云横大野 35cm×137cm

后　记

2009年8月18日，在美丽的鄂尔多斯市举行的第十一届亚洲艺术节，作为目前历届亚洲艺术节中规模最大、规格最高、活动内容最多的一次艺术节，它不仅是一次精彩的文化艺术盛会，更是一次重要的文化外交活动。

艺术节以“吉祥草原、祝福亚洲”为主题，通过展览、演出、交流等大量活动，为鄂尔多斯市广大人民群众以及亚洲各国人民提供一场盛大的文化大餐。艺术节充分展示亚洲各国的风情，展现中国的气魄，表现内蒙古的独特之处，成为鄂尔多斯面向全国、走向世界的一个重要平台。

艺术节期间，我们特别举办《塞北祥云——范曾诗文书画特展》。范曾先生作为中国著名书画大师、联合国教科文组织“多元文化特别顾问”、鄂尔多斯市的“荣誉牧民”，他数月闭门谢客，精心创作了106件诗文书画作品，并毫无保留地在鄂尔多斯市展出，体现了他本人对鄂尔多斯的厚爱、对蒙古民族的挚爱和对蒙古文明的景仰。正如他自己所说：“我对蒙古族文化非常热爱，对蒙古民族非常挚爱，这个民族当时能够在欧亚大陆建立起那么强大的帝国，在世界史上谱写了麾卷欧亚的伟大壮举，说明了这个民族的强悍和智慧……鄂尔多斯地区形成的这部草原文明史，既是一部记录草原民族产生和发展的历史，又是一部记录多民族互相交融、共同进步的历史。它是中原农耕文化与北方游牧文化以及欧亚大陆中西方多种文化在草原地区激荡、锤炼后，并最终迸发出的新的、更加灿烂的文明结晶。它具有鲜明的世界性，既丰富了中华文化，也极大地丰富了世界文化，从而推动了世界文明的发展。”

展览作为第十一届亚洲艺术节的重要组成部分，得到了内蒙古自治区和鄂尔多斯市有关领导的高度重视，巴特尔主席亲自去北京看望了范曾先生，并为本画册撰写序言；鄂尔多斯市委书记、市人大常委会主任杜梓同志、鄂尔多斯市副市长包崇明同志多次进京专访范曾先生并商谈展览会展出事宜。北京大学出版社欣然约请出版，并在出版、设计、编辑、印制等方面做了大量卓有成效的工作。在此，深表谢忱！

第十一届亚洲艺术节执行委员会

《塞北祥云——范曾诗文书画特展》筹备组

2009年7月

Postscript

The 11th Asian Arts Festival is to be held in Erdos City, Inner Mongolia on August 18, 2009, which is the largest, highest and richest of all the festivals of its kind. It is not only a wonderful pageant of literature and arts but also an important diplomatic activity of culture.

The theme of the Festival is "Auspicious Prairie, Blissful Asia". It will provide a gala of culture for the people of Erdos City and those from all the countries of Asia. It will fully display the customs of various countries in Asia, exhibit China's verve, unfurl the uniqueness of Inner Mongolia and serve as a significant platform for Erdos City to open itself to the rest of country as well as the whole world.

During the Festival, we will hold "Auspicious Clouds beyond the Great Wall -- Exhibition of Fan Zeng's Poetry, Prose, Calligraphy and Painting". As a famous master of Chinese calligraphy and art, a special counselor of multiple cultures of UNESCO and an honorable herdsman of Erdos City, Fan declined nearly all visits for several months and devoted himself to creation of 106 pieces of works. All of them will be displayed in Erdos City, which show his deep love of the city, sincere feeling for Mongolian people and admiration for nomadic civilization. In his own words, "I love Mongolian culture and people very much. They established so powerful an empire in Eurasian Continent, which is a great feat in the history of world and reveals their strength, toughness and wisdom...the history of grassland civilization wrought from Erdos City is the annals of the birth and development of the grassland nation as well as the mutual blending and progressing of all the different peoples. It is a newer and more splendid crystal of civilization among the agricultural culture of central China, the nomadic culture of northern China and other cultures of China and Eurasia that stirred and hammered each other in the area. As an obviously international civilization, it has enriched Chinese culture as well as the world cultures so that it has pushed forward the development of the world civilization."

As an important part of the Festival, the exhibition is highly regarded by leaders of Inner Mongolia and Erdos City. Chairman Bater called on Mr. Fan in Beijing and wrote the preface for this album. Mr. Du Zi, secretary of Party Committee as well as chairman of the standing committee of the people's congress of Erdos City and Mr. Bao Chongming, vice mayor of the city both visited Mr. Fan to deliberate on the details of the exhibition quite a few times. Peking University Press cheerily undertook the publication. It has contributed a lot of highly effective work in designing, editing and printing. Here we would like to express our sincere gratitude to all of them!

The Executive Board of the 11th Asian Arts Festival
The Preparatory Group of Exhibition of Fan Zeng's Poetry, Prose, Calligraphy and Painting
July 2009

图书在版编目（CIP）数据

塞北祥云：范曾诗文书画特展作品集／范曾著.—北京：北京大学出版社，2009.7
ISBN 978-7-301-05000-2

I. 塞… II.范… III.①诗歌－作品集－中国－当代②散文－作品集－中国－当代③汉字－书法－作品集－中国－现代④中国画－作品集－中国－现代 IV.I217.2 J222.7

中国版本图书馆CIP数据核字（2009）第105972号

书　　名　**塞北祥云——范曾诗文书画特展作品集**
著 作 人　范　曾
总 策 划　孙景阳　张　胜
统　　筹　薛晓源　何　奇
篆　　刻　王玉忠
翻　　译　北　塔
出 品 人　王明舟
项目主管　高秀芹
印制主管　商鸿业
责任编辑　于海冰
装帧设计　海　洋
设计制作　北京锦绣东方图文设计有限公司
标准书号　ISBN 978-7-301-05000-2/J·0241
出版发行　北京大学出版社
地　　址　北京市海淀区成府路205号　100871
网　　址　http://www.pup.cn　电子信箱：pw@pup.pku.edu.cn
电　　话　邮购部 62752015　发行部 62750672　编辑部 62750112　出版部 62754962
印 刷 者　精一印刷（深圳）有限公司
经 销 者　新华书店
　　　　　787mm×1092mm　1/8开本　31.5印张　126千字
　　　　　2009年7月第1版　2009年7月第1次印刷
定　　价　1980.00元